Maja Vandenwald

Shortmord

120 gereimte Kurzkrimis

© 2017 Maja Vandenwald
1. Auflage

Illustration: Ulrike Spieckermann
Foto: Jo Gemke

Herstellung und Verlag: BoD
Books on Demand, Norderstedt

ISBN: 978-3-744-809-98-6

INHALT

Krimi Nr. 1 – 120

Zu kurz, um betitelt zu werden

Zu böse, um sie zu beschreiben

Krimi Nr. 1

Der Mörder lauert überall.
Er will die Opfer töten.
Es ist dazu auf jeden Fall
ein Mordwerkzeug vonnöten.

Das kann ein simples Messer sein,
ein Hammer oder Beil,
ein bisschen Säure oder Gift,
ein Kuhfuß oder Seil.

Er schlägt, er schießt, er würgt, er sticht
und macht sich aus dem Staub.
Das tut ein GUTER Bürger nicht,
das sag´ ich mit Verlaub.

Krimi Nr. 2

Die Kugel zielt direkt ins Herz,
der Bauer ist getroffen.
Er fühlt nur einen kurzen Schmerz -
er ist total besoffen.

Der Mörder wuchtet ihn mit Kraft
in seinen Schweinestall,
weil Sau Elisa alles schafft,
frisst schneller als der Schall.

Es grunzt und schmatzt die ganze Nacht,
dann ist er schon verdaut.
Elisa hat noch immer Schmacht,
hat nicht genug gekaut.

Krimi Nr. 3

Drei Frauen stellten fest nach Jahren,
dass ihre Männer untreu waren.
Sie tagten an geheimem Ort
und planten einen Dreifachmord.

Das erste Opfer wurd´ ertränkt,
das zweite kurzerhand erhängt,
das dritte in die Ruhr geschmissen,
und dieses sollte jeder wissen:

küsst du den Gatten einer andern,
musst du, nicht er, ins Jenseits wandern.

Krimi Nr. 4

Ein Mörder rannte durch den Wald
und machte alle Leute kalt.
Da kam der Förster, sagte: „Stopp,
sonst schieße ich dir in den Kopp."

Da wurd´ dem Mörder heiß und kalt,
er rannte schnurstracks aus dem Wald,
wo schon die Kripo lauerte,
was er total bedauerte.

Und die Moral von der Geschicht´:
ermorde and´re Leute nicht.
Und kannst du dieses schon nicht lassen,
dann lass dich nicht noch dabei fassen.

Krimi Nr. 5

Der Pfeil erwischte bloß das Ohr,
ein Tropfen Blut nur quoll hervor.
Noch zitternd stak der Pfeil im Baum,
der Mörder glaubte dieses kaum.

Das Opfer wusste nun Bescheid
und machte sich zum Kampf bereit.
Die beiden traten auf den Platz,
begannen ihre wilde Hatz.

In diesem wirklich harten Kampf
bekam der Mörder einen Krampf.
Das Opfer sah die Chance gekommen,
hat ihm das Lebenslicht genommen.

So kann es halt im Leben geh´n:
der Wind kann so und so rum dreh´n.

Krimi Nr. 6

Der Cocktail schmeckt ihm nicht so gut,
im Abgang etwas bitter,
verströmt im Magen heiße Glut,
im Herzen ein Gezitter.

Er fasst ans Herz, er schnappt nach Luft,
schon wird ihm schwarz vor Augen.
Ein letzter Seufzer, dann die Gruft –
DAS Gift muss etwas taugen.

Krimi Nr. 7

Wie siehst du heute wieder aus?
Was hab´ ich dich gelehrt?
So gehst du nicht aus diesem Haus,
das ist total verkehrt.

Du ziehst dich um, und zwar sofort,
das sag´ ich nicht noch mal.
Der Sohn denkt wutentbrannt an Mord,
und nicht zum ersten Mal.

Er stampft frustriert die Treppe rauf,
der Vater brüllt und schreit.
Da nimmt das Unglück seinen Lauf,
das Messer liegt bereit.

Der Sohn stöhnt auf vor lauter Frust,
die Klinge ist gezückt,
rammt sie dem Vater in die Brust,
der Mord, er ist geglückt.

Krimi Nr. 8

Der Opa ist schon sehr betagt,
hat vieles zu vererben,
und wenn ihn auch das Rheuma plagt -
er wird noch lang´ nicht sterben.

Die Sippe, sehr verarmt, wird wild
und will nicht länger warten.
Sie haben Opapa gekillt,
vergraben ihn im Garten.

Die Polizei jedoch ist schlau,
sie hat die Sipp´ ertappt,
die wandert erstmal in den Bau,
der Opa wird verklappt.

Krimi Nr. 9

Der Leuchtturmwärter schaut hinaus

aufs sturmgepeitschte Meer.

Dort unten liegt der blöde Klaus

und lebt wohl schon nicht mehr.

Er hat den Kerl vor Wut gepackt

und ihn hinabgestürzt.

Der Blödmann hatte das Kebab

doch viel zu laff gewürzt.

Krimi Nr. 10

Der Intercity kommt heran,

er nähert sich nicht leise,

da schubst ein böser alter Mann

ein Mädchen auf die Gleise.

Das Mädchen fällt, es ist zu spät,

sie wird vom Zug zermalmt,

der böse Alte lacht und geht,

derweil die Bremse qualmt.

Krimi Nr. 11

Die alte Frau im Krankenhaus
hing regungslos am Tropf.
Es sah für sie dramatisch aus,
verbunden war der Kopf.

Da schlich der Enkel sich hinein,
er wollte sie beerben,
stach in den Infu-Beutel ein,
die Alte sollte sterben.

Auf Zehenspitzen schlich er weg,
kein Mensch hat ihn gesehen.
Die Tat erfüllte ihren Zweck,
es war um sie geschehen.

Krimi Nr. 12

Die Kirmes ist in vollem Gang,
das Wetter warm und schön,
da ist man fast schon unter Zwang,
auch selbst dorthin zu geh´n.

Auch Schultes Gunter kommt hierher,
er kauft sich Zuckerwatte.
Er hasst die Angetraute sehr,
war lang genug ihr Gatte.

Er trifft sie in der Unterstadt,
direkt am Autoskooter.
Auch sie hat ihren Gunter satt,
begrüßt ihn mit „Mein Guter…"

Da rast er innerlich vor Wut,
kann kaum noch an sich halten,
und endlich findet er den Mut,
die Exfrau auszuschalten.

Er wirft sie vor das nächste Cart,
dort wird sie überrollt.
Sie stirbt, das war ein leichter Part,
er hat es so gewollt.

Krimi Nr. 13

Der Reiter ist nicht sehr beliebt
bei seinen Kameraden,
und weil es immer Ärger gibt,
will man dem Manne schaden.

So fasst sich einer denn ein Herz
und kappt den Gurt entzwei.
Der Reiter fällt vom Pferd mit Schmerz
und stirbt sogar dabei.

Der Täter wird sofort gefasst,
man wusste, wer es war,
und wandert in den nächsten Knast,
was zu erwarten war.

Krimi Nr. 14

Der Orang Utan lebt im Zoo
und hangelt sich ganz munter
stets quietschvergnügt und lebensfroh
die Äste rauf und runter.

Da kommt ein böser Mensch vorbei
und zwickt ihn durch das Gitter.
Das gibt ein riesiges Geschrei,
denn Kneifen, das ist bitter.

Der Orang hat vor lauter Wut
´nen Schlaganfall bekommen,
worauf der Pfleger voller Glut
den Mann hat festgenommen.

Er sperrt ihn in den Käfig ein,
lässt ihn dort übernachten,
schon stellen sich Besucher ein,
die diesen Mann betrachten.

So macht er selber sich zum Affen,

und alle wollen ihn begaffen.

Der Orang ist danach genesen,

der Mann nie mehr im Zoo gewesen.

Krimi Nr. 15

Das Ehepaar bettet sich zur Ruh

und macht entspannt die Augen zu.

Bald liegt der Mann in Morpheus´ Armen

und schnappt nach Luft zum Gotterbarmen.

Er schnorchelt, röchelt, pfeift und piept,

was seine Gattin gar nicht liebt.

Statt sanft zu schlummern liegt sie wach.

Sie kann nicht schlafen bei dem Krach.

Sie gibt ihm einen sanften Stüber,

das Schnarchen ist zwar kurz vorüber,

dies hält jedoch nicht lange vor,

da schnarcht er wieder in ihr Ohr.

Seit Jahren hat dies Nacht für Nacht
die Gattin um den Schlaf gebracht.
Nun liegen ihre Nerven blank,
sie fühlt sich müde, schlapp und krank.

Sie hat, das darf ihr Mann nicht wissen,
ein Küchenmesser unterm Kissen.
Beim nächsten Schnarcher sticht sie zu,
nun hat sie endlich ihre Ruh´.

Krimi Nr. 16

Der junge Spund im Cabrio
tritt mächtig auf das Gas.
Das macht er nämlich immer so,
denn Rasen macht ihm Spaß.

Das Auto vor ihm schleicht daher,
ein Opa sitzt am Lenker.
Das ärgert uns´ren Raser sehr,
er macht verdross´ne Schwenker.

Doch hier ist Überholverbot,
da kommt er nicht vorbei,
und unser Raser, er sieht rot
ob dieser Bummelei.

Er hält die Schleicherei nicht aus,
rast zu auf Opas Wagen,
das Cabrio bricht seitlich aus
und hat sich überschlagen.

Der Raser liegt nun tot im Gras,
der Opa kriegt nichts mit,
fährt weiterhin mit wenig Gas
ganz langsam nur im Schritt.

Krimi Nr. 17

Der Bauer fährt mit seinem Trecker
durch seine Wiesen, Felder, Äcker.
Er will nur schnell noch etwas pflügen,
das soll für heute ihm genügen.

Da plötzlich rumpelt's unterm Reifen,
das kann der Bauer nicht begreifen.
Er springt vom Trecker, kriegt 'nen Schrecken,
der Nachbar ist dort am Verrecken.

Das war nicht Absicht, nur Versehen,
doch soll das niemals jemand sehen.
So greift er sich die Leiche munter
und pflügt sie auf dem Acker unter.

Bis heute gilt er als vermisst,
der Nachbar, der im Acker ist.

Krimi Nr. 18

Beim Schützenfest ist es passiert,
die Kugel traf ins Herz.
Sie ist am Vogel abgeschmiert,
verbreitet Schock und Schmerz.

Der Schützenplatz ist voller Blut,
die Menge steht und weint,
nur einer findet´s richtig gut,
das ist des Opfers Freund.

Das Opfer nämlich hat den Freund
mit dessen Frau betrogen,
nun hat er einen wahren Feind,
der ist ihm nicht gewogen.

Der Schütze stirbt direkt vor Ort,
der Exfreund lacht vor Glück,
er spart sich selber so den Mord,
kriegt seine Frau zurück.

Krimi Nr. 19

Das Kino ist zum Bersten voll
mit Frauen voller Gier,
sie warten alle liebestoll
auf Edward, den Vampir.

Der Film beginnt, die Frauen träumen,
sind alle hingerissen.
Sie wollen keinen Kuss versäumen,
die Nägel sind zerbissen.

Ein Mann nur sitzt in Reihe acht
und ist ganz ruhig geblieben.
Er beugt sich schließlich zart und sacht
nach vorn zu Reihe sieben.

Die Spritze hat er in der Hand,
sie zielt auf einen Hals,
sticht ein, ganz sicher und gewandt,
die Frau merkt´s keinesfalls.

Der Film ist aus, das Licht geht an,

der Mörder ist verschwunden,

die Tote starrt die Decke an,

so hat man sie gefunden.

Krimi Nr. 20

Zwei Frauen sind im Schuhgeschäft,

bewundern alle Schuhe,

probieren an, probieren aus,

und das in aller Ruhe.

Ob Peeptoes, Pumps oder Sandale,

man stöckelt auf und ab,

doch bald schon gibt es laut Randale -

die High Heels werden knapp.

Die beiden haben eine Größe,

das Paar gibt´s nur einmal,

man gibt sich ungern eine Blöße,

doch dies ist echt fatal.

Es wird gezickt, gezerrt, gezogen,
dann jeder will die Schuh´,
der eine ist schon ganz verbogen,
der and´re auch im Nu.

In wilder Wut sticht eine zu,
der Absatz geht ins Ohr,
sie bohrt noch nach, haut kräftig zu,
ein Totschlag steht bevor.

Der Schuh wird nun total zertrümmert,
das Opfer ist gestorben,
die and´re ist total bekümmert,
die Schuhe sind verdorben.

Krimi Nr. 21

Ein Angler sitzt am Rand der Ruhr
und hadert mit der Angelschnur.
Er hat sich selbst darin verstrickt,
sich zu befreien ist verzwickt.

Je mehr er zerrt und zieht und zupft
und hektisch durch die Gegend hupft,
je strammer würgt das Nylonband,
umwickelt Schultern, Fuß und Hand.

Bald fällt er auch noch auf die Nase
und windet sich im feuchten Grase.
Die Ehefrau schaut von gegenüber
mit einem Opernglas herüber.

Sie hat die Schnüre präpariert,
damit der Gatte drin krepiert.
Zufrieden sieht sie, wie er grollt
und fluchend durch die Gegend rollt.

Er kommt dem Ufer ziemlich nah,

sie hofft und bangt, und plötzlich – da,

der Uferstreifen bröckelt ab,

der blöde Gatte rutscht hinab,

ertrinkt gefesselt in der Flut,

das findet seine Gattin gut.

Krimi Nr. 22

Die Nachbarin ist penetrant,
sie geht von Haus zu Haus.
Privates ist ihr wohlbekannt,
sie plaudert alles aus.

Das ist den Nachbarn bald zuviel,
sie wollen Diskretion.
Die Alte wird zum Angriffsziel,
man plant Fatales schon.

In einer kalten Osternacht
schleicht man zu ihrem Haus,
da wird sie leise umgebracht,
dann trägt man sie hinaus.

Nachdem man sie auf diese Art
gemeinsam hingerichtet,
wird´s Osterfeuer Part für Part
ganz sorgsam aufgeschichtet.

Es hat noch nie so schön gebrannt,
und das ist ungelogen.
Die Nachbarin ist unbekannt
seit Ostern wohl verzogen.

Krimi Nr. 23

In Elspe hat er sich beworben,
´ne Nebenrolle nur, Statist.
Das tat er, weil sein Freund, der Thorben,
in Elspe Hauptdarsteller ist.

Er hat fundiertes Waffenwissen,
trägt eine Waffe mit 10 Schuss,
tauscht diese hinter den Kulissen,
weil Thorben endlich sterben muss.

Als Winnetou am Boden liegt,
den Bühnentod gestorben,
weiß er allein, er hat gesiegt,
er ist echt tot, der Thorben.

Krimi Nr. 24

Die Reling ist gerammelt voll,
die Gäste steh´n und winken.
Nur einer findet´s gar nicht toll,
hat Angst, der Kahn würd´ sinken.

Doch führte ihn auf dieses Schiff
ein mörderisches Ziel:
der Mörder steht nun im Begriff
zu morden, doch mit Stil.

Im Smoking und mit Kummerbund
ließ er den Kapitän,
den er in tiefem Schlummer fund,
über die Reling geh´n.

Krimi Nr. 25

Das Päckchen sieht verlockend aus,
ganz liebevoll gestaltet.
Der Postmann liefert´s gerne aus,
gestempelt und verwaltet.

Sie reißt es voller Freude auf,
die Bombe explodiert.
Sie geht bei diesem Anschlag drauf,
dem Hund ist nichts passiert.

Krimi Nr. 26

Sie badet gern, sie badet viel,
sich zu entspannen ist ihr Ziel.
Was and´res wünscht der Göttergatte,
weil er mit ihr Theater hatte.

Er kann sie wirklich nicht mehr leiden,
sie lässt sich aber auch nicht scheiden.
Das Ganze muss doch schneller geh´n -
er greift beherzt den großen Fön,

schließt diesen an das Stromnetz an
und schleicht sich an die Wanne ran.
Ein schneller Wurf, das Wasser schäumt,
die Frau ist aus dem Weg geräumt.

Krimi Nr. 27

Die Kettensäge ist ganz neu
und läuft auch wie geschmiert.
Die Schwiegermutter kommt vorbei –
er hat sie ausprobiert.

Krimi Nr. 28

Die Garotte
um die Strotte,
zugeschnürt,
nichts gespürt,
schwere Not,
war schon tot.
Polizei
kommt herbei,
festgenommen,
Knast gekommen,

keine Schuld,
nur Geduld.
Nichts passiert,
selbst krepiert.

Krimi Nr. 29

Der kleine Zirkus ist nicht reich,
das Geld ist ständig knapp.
Die Kinder sind schon ziemlich bleich,
die Künstler dünn und schlapp.

Doch der Direktor, wird gesagt,
sei ziemlich gut versichert…
Die Frauen haben unverzagt
geredet und gekichert.

Sie lassen nachts die Tiger los,
der Chef wird aufgefressen.
Versicherung zahlt anstandslos -
jetzt gibt es was zu essen.

Krimi Nr. 30

Der Flieder wuchert wie verrückt
am Zaun zu Nachbars Garten,
hat dessen Rosen schon erdrückt -
die rosa-weißen, zarten.

So fängt er an, den Fliederbusch
auf seiner Seit´ zu stutzen,
doch der wächst immer wieder – husch,
das Schneiden wird nichts nutzen.

Der Eigentümer weigert sich,
den Flieder zu entwurzeln,
der and´re aber steigert sich
in Wut, die Tränen purzeln.

Das währt ein Jahr und schließlich zwei,
dann reißt ihm die Geduld.
Er kommt auf einen Schnaps vorbei,
ihn drückt schon arg die Schuld.

Der Fliedermann stürzt seinen Korn
mit Appetit hinab,
dann kippt er wie ein Stein nach vorn,
schon ist er tot und schlapp.

Krimi Nr. 31

Das Küchenmesser ist gewetzt,
die Suppe steht bereit,
er hofft für seine Chefin jetzt,
sie sucht nicht wieder Streit.

Die aber riecht schon nach Krawall,
da hat er sie erstochen,
ihr Blut verteilt sich überall,
er hat sich fast erbrochen.

Da aber siegt der klare Geist,
er hat sie filettiert
und sie als zarten Braten meist
ins Essen integriert.

Die Gäste lecken sich die Lippen,
denn das hat gut geschmeckt.
Der Koch muss einen Whisky kippen,
denn niemand hat´s gecheckt.

Bald ist der ganze Spuk vorbei,
die Chefin ist verdaut,
kein Stress mehr mit der Polizei,
die in die Röhre schaut.

Krimi Nr. 32

Sie hat ihn damals ausgespannt,
er hat die Frau verlassen,
sie ist verliebt und ganz entspannt,
kann es noch gar nicht fassen.

Da sagt man ihr, die Ex von ihm
sei plötzlich wieder schwanger.
Kann´s sein, er war mit ihr intim?
Da wird ihr bang und banger.

Er gibt es zu, die Sache stimmt,
er geht zurück nach Haus.
Das Unglück seinen Anlauf nimmt,
sie rastet völlig aus.

Den Hammer hat sie in der Hand,
sie wollt´ ein Bild aufhängen.
Jetzt hämmert sie nicht an die Wand,
sie will den Kerl bedrängen.

Ein fester Schlag, ein kurzer Schrei,
wer treulos ist, muss sterben.
Das Leben ist für ihn vorbei,
die Exfrau, sie wird erben.

Krimi Nr. 33

Der Torwart ist ein guter Mann,
er hält den Kasten sauber.
Der Gegner zielt so gut er kann,
jedoch er wirkt, der Zauber.

Kein Ball kommt jemals in das Tor,
egal, wie gut gezielt,
und wer schon mal ein Spiel verlor,
der weiß, wie man sich fühlt.

Bei einem Spiel, das äußerst wichtig,
beschloss der Gegner drum,
egal, ob falsch oder ob richtig:
man bringt den Torwart um.

Ein Schlummertrunk zur guten Nacht
am Abend vor dem Spiel
hat uns´ren Torwart umgebracht,
das war ja auch das Ziel.

Krimi Nr. 34

Der Stausee lockt zur Sommerzeit
mit Wasser, Strand und Wellen,
und ist man seine Oma leid,
so kenn´ ich ein paar Stellen.

Ein Ausflug mit dem Tretboot nur,
die Oma sitzt im Heck,
ein Schubs, ein Platsch, ein Gurgeln nur,
schon ist die Oma weg.

Krimi Nr. 35

Der Bergmann hockt in seinem Schacht,

die Schicht ist um und er hat Schmacht.

Er freut sich auf sein Tête à Tête,

mit der er nachher essen geht.

Die ist jedoch des Kumpels Frau,

und dieser weiß das ganz genau.

Er tut zwar ganz entspannt und freundlich,

ist heimlich aber äußerst feindlich,

hat Kumpels Tod schon anvisiert,

den Förderkorb längst präpariert.

Als dieser in die Höhe schwebt,

der Kumpel froh nach oben strebt,

da reißt das Seil, der Korb stürzt ab,

der Kumpel gibt den Löffel ab.

Krimi Nr. 36

Der Gatte ist jetzt arbeitslos,
sitzt müßig auf dem Sofa.
Die Frau fragt: „warum machst du bloß
nicht Hausarbeit, du Doofer?"

Er aber zieht die Nase kraus,
trinkt erst einmal ein Bier,
da holt sie eine Vase raus,
erschlägt ihn jetzt und hier.

Krimi Nr. 37

Die Putzfrau ist gewissenhaft,
stets pünktlich und diskret,
ihr Chef ein Mann der Wissenschaft,
der grüne Pillen dreht.

„Die Pillen sind total gesund,
Sie sollten eine schlucken".
Sie steckt sich eine in den Mund
und fängt gleich an zu zucken.

„Versuchskaninchen acht ist tot",
beginnt der Chef zu fluchen,
„jetzt muss ich mir in meiner Not
´ne neue Putzfrau suchen".

Krimi Nr. 38

Der Pastor steht seit Tag und Jahr
und predigt, wie´s schon immer war.
Derweilen halten seine Schäfchen
in ihrer Bank ein kleines Schläfchen.

Das kann der Pastor gar nicht leiden.
Er wettert: „Das sind alles Heiden.
Wenn die sich nicht zu Gott bekehren,
werd´ ich sie alle Mores lehren".

Die Schäfchen aber schlafen süß
und träumen wohl vom Paradies.
So schickt der Pastor kurzerhand
die Schäfchen ins gelobte Land.

Die Hostien – sie sind vergiftet
und haben ew´gen Schlaf gestiftet.

Krimi Nr. 39

Die Zahnarztgattin lügt und lügt,
er weiß, dass sie ihn kalt betrügt.
Er kennt sogar den Widersacher –
ein widerlicher Liedermacher.

Der ist zudem noch sein Patient,
obwohl er mit der Gattin pennt.
Beim nächsten Loch, der nächsten Plombe
platzt denn am Ende auch die Bombe.

Die Spritze gegen seinen Schmerz
enthält ein Gift für jedes Herz.
Der Liedermacher stirbt ad hoc,
es freut sich unser Rache-Doc.

Krimi Nr. 40

Die Oma wohnt ganz unterm Dach.
Dort liegt sie meistens lange wach,
so dass sie oft nicht überhört,
wer ihre Enkelin betört.

Treibt die es lautstark in der Laube,
schleicht Oma in der weißen Haube
und Schneiderschere in der Faust
zum Garten und ersticht den Jaust.

Wenn auch die Enk´lin weint und fleht:
„Nein, bitte nicht ins Blumenbeet".
Es nützt ihr nichts, sie hilft beim Graben
des Loches für den toten Knaben.

Hinein mit ihm und Erde drüber,
im Morgengrau´n ist es vorüber.
Die Enkelin hat nicht gepetzt,
doch vögelt sie woanders jetzt.

Krimi Nr. 41

Der erste Geiger ist der Star,

er spielt auch wirklich wunderbar.

Der zweite Geiger ist empört,

weil dieses ihn gewaltig stört.

Ich spiel´ nicht wen´ger virtuos,

warum bin ich der Zweite bloß?

In einer Pause, im Affekt,

hat er den ersten hingestreckt.

Erstochen mit dem Geigenbogen,

der ist nun leider arg verbogen.

Krimi Nr. 42

Der Copilot ist ganz erschöpft,
er hat die Stewardess geköpft.
Sie hat ihn nämlich hintergangen,
mit dem Pilot was angefangen.

Den sauber abgetrennten Kopf
legt er in einen Suppentopf.
Als dies dem Käpt´n wird serviert,
ist die Maschine abgeschmiert.

Den Sprecher hört man traurig sagen:
„Es war wohl menschliches Versagen".

Krimi Nr. 43

Das Auto ist mal wieder dreckig,
von allem möglichen ganz fleckig.
So fährt er in die Waschanlage,
dass die dem Schmutz den Kampf ansage.

Er bleibt derweil im Auto sitzen,
betrachtet die textilen Spitzen,
die lautstark übers Auto gleiten.
Da sieht er Blut sich weit verbreiten.

Erschrocken springt er in den Schaum,
da sieht er tot, er glaubt es kaum,
die Frau des Bürgermeisters liegen,
da kann man wohl die Krise kriegen.

Der hat sie einfach abgeschlachtet
und hierher in den Schaum verfrachtet.
Ein fieser, mörderischer Herr,
den wählt demnächst wohl niemand mehr.

Krimi Nr. 44

Die Schanze ist total verschneit,
die Piste vorbereitet,
die Springer machen sich bereit,
der erste springt und gleitet.

Die Menge klatscht, der Flug war gut,
der Springer triumphiert,
im Bauch jedoch nagt eine Wut -
er hat was präpariert.

Bald ist der zehnte Springer dran,
er rast mit wildem Schwung.
Bald fängt er arg zu schlingern an,
der Ski hat einen Sprung,

zerbirst mit einem lauten Knall,
bald fällt er wie ein Stein,
und unten endet jäh der Fall,
er bricht sich Hals und Bein.

Das hat er nicht mehr überlebt,
der Konkurrent ist heiter,
genauso war´s ihm vorgeschwebt,
nun geht das Leben weiter.

Krimi Nr. 45

Er ist schon ein erwachs´ner Mann,
wohnt immer noch zu Haus,
weil Mama sich nicht lösen kann -
er hält es kaum noch aus.

Sie macht ihm madig jede Frau,
denn keine scheint ihr gut.
Will ihn nicht teilen mit ´ner Braut,
will löschen seine Glut.

Da trifft er eines Tages dann
genau die Frau fürs Leben,
und was die Mama sagt, das kann
er ihr nicht mehr vergeben.

Sie schreit und schimpft wie früher auch:
„Die Frauen sind verdorben!"
Er rammt ihr´s Messer in den Bauch -
daran ist sie gestorben.

Krimi Nr. 46

Sie sticht den Spargel schon seit Jahren,
kommt stets zur Ernte angefahren,
um diesen dann im Münsterland
zu ernten mit versierter Hand.

Des Morgens schon in aller Frühe
beginnt für sie des Tages Mühe.
Wie sie so in den Feldern hockt,
hat manchen Mann schon angelockt,

denn dieses pralle Hinterteil
macht alle Spargelstecher geil.
Es ist zuweilen sehr beschwerlich,
die Männer abzuwehren, ehrlich.

Doch neulich kam ein Exemplar,
das gar nicht abzuwimmeln war.
Er kam beharrlich auf sie zu
und gab beileibe keine Ruh´.

Da ist sie auf ihn zugekrochen
und hat den Spargel ausgestochen.
Der ist noch auf dem Feld verreckt,
das hat die and´ren abgeschreckt.

Krimi Nr. 47

Der Indianer sagte: „Howgh",
zu seiner Squaw, also der Frau,
„halt uns´ren Wigwam rein und trocken,
weil wir da auf dem Boden hocken,

halt meine Mokassins in Schuss,
weil ich ja öfter jagen muss.
Und halte mir auch stets die Treue,
weil ich mich sehr darüber freue".

Er ritt davon zum Bison jagen,
kam erst zurück nach vielen Tagen,
wo er zu seinem Zorn erblickte,
wie seine Squaw ´nen and´ren KÜSSTE.

Er zückte seinen letzten Pfeil
und schoss der Squaw ins Hinterteil,
worauf sie stark zusammenzuckte
und sich in ihren Wigwam duckte.

Den Widersacher schlug er tot
mit Tomahawk in seiner Not.
Nie wieder fasste je ein Mann
die Squaw des Indianers an.

Krimi Nr. 48

Der Metzger aus der kleinen Stadt
ist überall bekannt,
weil er die besten Würste hat
im ganzen Sauerland.

Sie kommen her von nah und fern
und kaufen wie verrückt,
denn jeder hat die Würste gern,
hat viele schon verdrückt.

Der Metzger aber sieht besorgt
den Umsatz höher steigen,
denn wo er sich mit Fleisch versorgt,
das will er keinem zeigen.

Mit dem Bestatter hat er sich
im Altersheim bedient,
wo statt des alten Tatterich
Ballast im Sarge liegt.

Das alte Fleisch, die spröden Knochen,

das alles wird zerkleinert,

dann muss es noch gehörig kochen,

wird mit Gewürz verfeinert.

Dann in den Echtdarm und den Rauch,´

und ab in den Verkauf,

so hat die Nahrungskette auch

den gründlichsten Verlauf.

Krimi Nr. 49

Die Dechenhöhle ist bekannt
für ihre Stalaktiten.
Sie hat im schönen Sauerland
so einiges zu bieten.

Durch Gänge, Treppen, Brücken, Rampen
wird man dorthin gebracht.
Nach vorne leuchten helle Lampen,
doch hinten herrscht die Nacht.

Das junge Pärchen trottet schüchtern
dem Führer hinterher.
Sie kamen planvoll und ganz nüchtern,
sie wollen nämlich mehr.

Der Führer biegt ums nächste Eck,
die Lampen gehen aus,
die beiden suchen ein Versteck
und harren lange aus.

Nachdem die Schritte in der Nacht
allmählich sind verklungen,
sind beide schnell und gut durchdacht
in einen Schacht gesprungen.

Sie wollten sterben, alle zwei,
und das ist auch gelungen.
Man fand die beiden nebenbei
bei Schacht-Erweiterungen.

Krimi Nr. 50

Sie stand mit der erhob´nen Hand,
den Daumen raus, am Straßenrand.
Ein toller Anblick, jung und schön,
da blieb auch schon ein Auto steh´n.

Am Steuer saß ein junger Mann,
dem Speichel aus dem Munde rann.
Der Wagen chic und nicht ganz billig,
die Tramperin stieg ein ganz willig.

Nach hundert Metern bog er knapp
in einen stillen Feldweg ab.
Er freute sich auf diese Nummer
verfiel nur schnell in tiefen Kummer.

Das Mädchen war wohl nicht ganz ohne,
bedrohte ihn mit ´ner Kanone.
„Die Flossen hoch, Du mieser Arsch,
und raus den Zaster", rief sie barsch.

Obwohl er schnellstens reagierte

und sich mit seinem Geld nicht zierte,

hat sie ihn einfach umgebracht

und schnell sich aus dem Staub gemacht.

Krimi Nr. 51

Er sitzt mit seinem besten Freund
im Dampfbad ganz entspannt.
Erst schwitzen sie darin vereint,
dann sind sie rausgerannt.

Danach kommt noch zum guten Schluss,
bevor man etwas ruht,
ein eisig kalter Wasserguss,
der tut dem Kreislauf gut.

Die Gattin sieht das gar nicht gern,
sie muss die Sauna putzen.
Jedoch die beiden faulen Herrn,
woll´n diese nur benutzen.

„Wird Zeit, dass Ihr das Putzen lernt",
krakeelt sie ganz gereizt.
Sie hat den Türknauf schon entfernt
und richtig aufgeheizt.

Bei beiden fängt alsbald der Schweiß
schon richtig an zu sprühen,
zum Putzen ist es viel zu heiß,
auch wenn sie sich bemühen.

Die beiden sind schon fast verkohlt
und fangen an zu schreien.
Die Frau hat sie nicht rausgeholt,
sie will sie nicht befreien.

Die Dame ist charakterlos,
sieht sich´s durchs Fenster an,
denn wegen zweier Nackter bloß,
da stellt sie sich nicht an.

Bald sind die beiden überhitzt
und fallen um wie Fliegen.
Tja, wer statt putzen lieber schwitzt,
den soll der Hitztod kriegen.

Krimi Nr. 52

Die Hausfrau putzt in ihrem Kittel,
denkt unentwegt ans Töten.
Sie hat dazu nicht viele Mittel
und ist darum in Nöten.

Das Brötchenmesser ist zu klein,
die Schere viel zu stumpf,
der Hammer kann es auch nicht sein,
der hämmert viel zu dumpf.

Rouladenspieße sind zu dünn,
die würden sich verbiegen,
das alles macht doch keinen Sinn,
um einen totzukriegen.

Da plötzlich sieht sie den Prospekt
von Aldi in der Zeitung,
worauf sie sich die Lippen leckt –
sie hat ´ne schnelle Leitung.

Es gibt dort eine schicke Axt
für sieben Euro achtzig,
geschliffen, scharf und eingewachst,
der Tötungsplan, er macht sich.

Die Axt gekauft, den Mann erschlagen,
das ging ganz leicht und fein,
drum sitzt sie jetzt seit ein paar Tagen
im Frauenknaste ein.

Krimi Nr. 53

Heut´ gibt es Schlüpfer, Farbe: Fleisch
ganz billig zu erstehen.
Die dicken Tanten mit Gekreisch
sieht man am Wühltisch stehen.

Der Mob wogt auf und nieder
und wieder hin und her,
denn diese keuschen Mieder
gefall´n den Tanten sehr.

Die letzte Hose XXL
hat eine sich ergattert.
Sie war gottlob besonders schnell,
die and´ren sind verdattert.

Die übrigen Matronen schrei´n:
„So geht das aber nicht",
und dreschen auf die Arme ein,
aufs Fleischtextil erpicht.

Am Ende sind sie alle tot –

sie haben sich erschlagen.

Der Kaufmann muss in seiner Not

die Schlüpfer selber tragen.

Krimi Nr. 54

Der Fallschirmspringer ist bereit
zu seinem ersten Sprung,
und das ist keine Kleinigkeit,
drum nimmt er erstmal Schwung.

Er stürzt mit einem Schrei hinab,
der Lehrer hinterher.
Der Fallschirm öffnet sich nur knapp,
drum fürchtet er sich sehr.

Dann lockert sich der erste Gurt,
der Fallschirm kommt ins Taumeln,
es geht hinab in schnellem Spurt,
man sieht ihn hilflos baumeln.

Bald sind die Gurte durchgerissen,
er ist im freien Fall.
Die Lage ist total beschissen,
er wartet auf den Knall.

Er ist auch wirklich dort zerschellt,
er fiel auf harten Stein,
was seinem Lehrer sehr gefällt:
so sollt´ es nämlich sein.

Nun ist die Witwe für ihn frei,
kein Stress mehr mit dem Kerl,
dann kommt jedoch die Polizei
und sperrt ihn ein in Werl.

Krimi Nr. 55

Die Taucher auf dem Meeresgrund
erforschen Stachelrochen.
Es ist durchaus nicht sehr gesund,
wird man davon gestochen.

Ein Taucher hat im Neopren
ein Messerchen versteckt.
Die and´ren haben´s nicht geseh´n,
die Waffe nicht entdeckt.

Er zieht es vorsichtig heraus,
piekst einen in den Zeh.
Der denkt, nun ist der Ofen aus,
der Rochenstich tut weh.

Der Taucher wähnt sich schon verloren,
das Herz kommt aus dem Takt,
das Wasser rauscht in seinen Ohren,
als er zusammensackt.

Er kommt nicht lebend an die Luft,

so war es auch geplant.

Der eine, dieser miese Schuft,

bleibt straffrei, da getarnt.

Krimi Nr. 56

Die Oma im Seniorenstift
spuckt Galle und auch richtig Gift,
weil sie die Frau von nebenan
nun mal partout nicht leiden kann.

Begegnen sie sich auf dem Flur,
dann gibt es böse Worte nur.
Neulich waren sie alleine,
und da hat doch glatt die eine

schnell die andere verprügelt,
ganz brutal und ungezügelt.
Die ging glatt daran zu Grunde,
dieses war in aller Munde.

Mörder-Oma wurd´ gemieden,
hatte fortan ihren Frieden.

Krimi Nr. 57

Der Maurer hat mit seiner Kelle
die Fuge gut verspachtelt.
Der Keller hat hier ein Gefälle,
die Mauer ist verschachtelt.

Er hat in einem Zwischenraum
die Gattin abgelegt,
die hatte er im Abstellraum
schon ordentlich zerlegt.

Da ist sie nun für alle Zeit
im Fundament verscharrt,
der Maurer vom Verdacht befreit,
die Polizei genarrt.

Krimi Nr. 58

Die Flammen züngeln wild umher,
da kommt auch schon die Feuerwehr.
Der Neuling hat den Brand entfacht,
weil er so gern Karriere macht.

Er steht ganz vorn mit Atemschutz,
spritzt Wasser auf den Außenputz.
Inmitten dieser Feuersbrunst
erhofft er sich des Meisters Gunst.

Dass Menschen sterben unter Qual,
ist diesem Manne ganz egal.
Man hat danach, total verkohlt,
zwei Leichen aus dem Schutt geholt.

Dass dies die Schwiegereltern waren,
hat nie auch nur ein Mensch erfahren.

Krimi Nr. 59

Er packt den alten Tattergreis
und wirft ihn auf das U-Bahngleis.
Da kommt die Bahn, der Greis ist Matsch,
das war ja wohl ein fieser Quatsch.

Krimi Nr. 60

Sie kann die Wut beim Bügeln
nur noch mit Mühe zügeln.
Der Gatte ging ihr fremd,
nun bügelt sie sein Hemd,

derweil er sich vergnügt,
sie ihm nicht mehr genügt.
Da hat sie kurz entschlossen
ihn abends noch erschossen.

Krimi Nr. 61

Der Teich im Garten ist verschmutzt,
das Wasser braun und trübe.
Die Enkeltochter hat geputzt,
der Omama zuliebe.

Wie sie das Wasser pumpt und siebt,
da wird es immer reiner,
und was es auf dem Grunde gibt,
das glaubt ihr sicher keiner.

Da liegen, säuberlich verschnürt,
vier schöne Männerleichen,
und weil sie Übelkeit verspürt,
sieht man sie rückwärts weichen.

Da kommt die Oma angerannt
mit aufgedrehten Haaren:
„Die vier dort habe ich entmannt,
weil sie zu lüstern waren.

Komm, liebes Kind, lang, lang ist´s her,
wir wollen das vergessen.
Die vier vermisst jetzt keiner mehr,
komm´ rein, wir wollen essen."

Krimi Nr. 62

Sie mag so gerne Esspapier,
am liebsten rosarot.
Er appliziert den Giftstoff hier,
anschließend ist sie tot.

Krimi Nr. 63

Sie fährt so gerne Wasserski,
er fährt das schnelle Boot,
so heftig aber hasst er sie,
er fährt sie damit tot.

Krimi Nr. 64

Die Oma, wie sie leibt und lebt,
lutscht klebrige Kamellen,
und wenn der Pamp am Gaumen klebt,
muss sie nach Hilfe schellen.

Der Pfleger findet´s gar nicht toll,
er muss die Pampe lösen.
Er hat davon die Nase voll,
die Oma ist am Dösen.

Der Pfleger hat in dunkler Nacht
die Süßigkeit vergiftet,
die Oma damit umgebracht
und Ruhe so gestiftet.

Krimi Nr. 65

Der Gärtner mäht das hohe Gras
mit einer Sense ab.
Das macht ihm immer großen Spaß,
er kürzt es nicht zu knapp.

Als Sensenmann ist er bekannt,
darüber lacht der Ort,
bis man ihn tot im Acker fand,
die Sense, sie war fort.

So hat den guten Sensenmann
derselbige geschnitten,
denn was ´ne scharfe Sense kann,
das ist nicht mehr zu kitten.

Krimi Nr. 66

Der Aufsitzmäher ist ganz neu,
er rast über die Wiese,
mäht wie beauftragt nebenbei
auch Nachbars Frau, die Liese.

Nun liegt sie tot im grünen Gras,
es fließt das rote Blut.
Der Nachbar zahlt für diesen Spaß
auch ausgesprochen gut.

Krimi Nr. 67

Die Leichtathletik liebt er sehr,
wirft meisterhaft den langen Speer.
Und neulich hat, obwohl besoffen,
die Schwiegermutter er getroffen.

Der Speer durchbohrte ihre Brust,
der Leichtathlet hat keinen Frust.
Die Frau war wirklich eine Plage,
nun liegt sie friedlich unter Tage.

Krimi Nr. 68

Sie liebt ihn nicht, er liebt sie sehr,
er kann´s nicht akzeptieren.
Er läuft ihr ständig hinterher,
sie lässt ihn kalt erfrieren.

Das hält er nicht mehr lange aus,
die Nerven liegen blank.
Er wartet hinter ihrem Haus
auf einer Gartenbank.

Sie kommt zurück spät in der Nacht,
da springt er auf sie zu
und hat sie einfach kaltgemacht,
jetzt hat er seine Ruh´.

Krimi Nr. 69

Er kennt sich gut mit Pilzen aus,
kennt giftige und gute,
bringt jeden Herbst sie mit nach Haus,
verspeist sie gern mit Pute.

Doch wehe, einer will ihm schlecht,
den lädt er gerne ein.
Gibt ihm, denn das ist nur gerecht,
die gift´gen Pilze ein.

Die Leich´ verbuddelt er im Wald,
dort, wo die Pilze stehen.
Sie dient den neuen Pilzen bald
als Dünger, sollt ihr sehen.

Krimi Nr. 70

Zur Zierde hängt an seiner Wand
ein altes, schönes Schwert.
Das wurd´ vererbt von Hand zu Hand
und ist schon etwas wert.

Er hat damit in einem Streich
die Gattin hingerichtet
und ihre Glieder dann sogleich
im Ofen aufgeschichtet.

Er steckt sie an und sieht sie brennen,
im Leben war sie kalt.
Vor Rührung fängt er an zu flennen,
so ist das Leben halt.

Krimi Nr. 71

Er schnippelt täglich im OP,
heilt Menschen in Narkose,
da tut es wenigstens nicht weh,
er schneidet alles lose.

Dann wird die Wunde gut vernäht,
die Schwester übernimmt,
damit es wieder besser geht
und auch der Blutdruck stimmt.

Doch neulich lag auf seinem Tisch
sein größter Konkurrent.
Der Blinddarm war nicht mehr ganz frisch
und wurde abgetrennt.

Dann hat er heimlich, mit Bedacht,
und keiner hat´s gecheckt -
in dessen Darm ein Loch gemacht,
daran ist er verreckt.

Krimi Nr. 72

Er sieht nach Kugelschreiber aus
und ist doch ein Gewehr,
der Druckknopf löst die Kugel aus,
der Gegner ist nicht mehr.

Krimi Nr. 73

Sie schwingt den Krückstock virtuos
und braucht ihn kaum als Stütze,
sie lässt ihn aber niemals los,
wer weiß, wozu er nütze.

Da hat doch neulich so ein Mann
versucht, sie zu berauben,
doch was ein guter Krückstock kann,
das ist fast nicht zu glauben.

Sie holte aus und haute zu,
der Mann ging dabei drauf.
Sie klappte ihm die Augen zu,
das ist des Lebens Lauf.

Krimi Nr. 74

Der Bumerang ist ein Gerät,
das nutzt er gern zum Jagen,
und wenn im Feld ein Hase steht,
dem geht es an den Kragen.

Er hat vor kurzem seine Frau
mit einem Kerl erwischt.
Der Bumerang ist zielgenau
zu diesem Typ gezischt.

Der Mann verreckte auf der Stelle,
man wusste nicht, warum,
den Bumerang hat er ganz schnelle
verbrannt, er ist nicht dumm.

Krimi Nr. 75

Er leckt so gern, bevor er schreibt,

die Bleistiftmine an,

und auf der Zungenspitze bleibt

ein Rest von Schwärze dann.

Sie hat den Bleistift präpariert

mit einem starken Gift,

beim Lecken ist es dann passiert,

er tot, und nass der Stift.

Krimi Nr. 76

„Ja, Liebling, geh´ ein Stück zurück,
dann bist du gut im Bild".
Zur Klippe ist es nur ein Stück,
das Meer dort tief und wild.

Sie geht zurück ohne zu schauen
und stürzt ins kalte Meer.
Hat man zu einem Mann Vertrauen,
dann schadet das oft sehr.

Krimi Nr. 77

Er kommt nach Hause sturzbesoffen
und prügelt sie dann meist.
Jetzt hat sie einen Mann getroffen,
der Linderung verheißt.

Er hat sich unterm Bett versteckt
mit seinem Luftgewehr
und den Besoff'nen hingestreckt,
das war zum Glück nicht schwer.

Nur die Entsorgung seiner Leiche
ist nicht so leicht gemacht.
Sie legen ihn auf eine Weiche
in tiefster, dunkler Nacht.

Der nächste Zug fährt ihn zu Brei,
die Witwe ist erfreut.
Die Tyrannei, sie ist vorbei,
vom Trunkenbold befreit.

Krimi Nr. 78

Der Gatte steigt im Hochseilgarten
ganz schwindelfrei herum.
Die Gattin will nicht unten warten,
das ist ihr doch zu dumm.

Sie seilt sich an und steigt hinauf,
der Gatte ganz gemein
macht ihren Haken wieder auf
und lässt sie dann allein.

Dass sie in großer Höhe taumelt,
sieht er vom nächsten Baum,
und als sie an dem Seile baumelt,
fasst er sein Glück noch kaum.

Da rauscht sie abwärts durchs Geäst,
liegt leblos auf dem Laub.
Der Gatte, der sie liegen lässt,
macht schnell sich aus dem Staub.

Krimi Nr. 79

Wenn ich in meinem Loden geh´
auf meinem Weg am Bodensee,
dann ziehe ich in einer Karre
die große alte Jägerknarre.

Und wehe, die im Morgengrauen
mir meinen ganzen Tag versauen,
die pust´ ich um mit einem Schuss,
versenke sie im See zum Schluss.

Dort sammeln sich seit ein paar Jahren
die abgeknallten schon in Scharen.
Der See ist tief, der See ist groß,
und ich bin alle Leichen los.

Krimi Nr. 80

Der Regenschirm hat eine Spitze,
die ist zu vielen Dingen nütze.
Man kann damit die Leute pieken,
bis sie vor Schreck und Schmerzen quieken.

Doch streicht man diese Spitze ein
mit Gift, dann kann das tödlich sein.
Sie hält in dem Terrarium
sich blaue Pfeilgiftfrösche drum,

und kommt ein Mensch ihr mal zu dumm,
bringt sie ihn mit dem Gifte um.

Krimi Nr. 81

Er liebt es, wenn sie ihn rasiert
mit dieser scharfen Schneide.
Wenn sie so über ihm posiert,
ist sie 'ne Augenweide.

Doch hegt sie lang' schon einen Groll,
weil er 'ne Freundin hat.
Sie überlegt sich Zoll für Zoll:
„Wie setze ich ihn matt?"

Die Halsschlagader, sie pulsiert,
sie sticht beherzt hinein,
das ganze Bad ist blutverschmiert,
er schreit: „Das ist gemein".

Das hat ihm leider nichts genützt,
er ist ganz schnell gestorben,
doch weil das Blut so hoch gespritzt,
ist jetzt das Bad verdorben.

Krimi Nr. 82

Stricken könnt´ sie Tag und Nacht,
weil ihr das viel Freude macht.
Pullis, Jacken, Schals und Socken,
ständig sieht man sie dort hocken,

mit den Nadeln vorm Gesicht,
stoppen lässt sie sich dann nicht.
Als ihr Gatte sich beschwerte,
weil sie ihn nicht mehr begehrte,

strickte sie zu seiner Qual
einen extra langen Schal,
um ihn nächtens zu ersticken.
Endlich kann sie weiterstricken.

Krimi Nr. 83

Oma hat die Nase voll
von dem Kerl da nebenan.
Der ist nämlich liebestoll,
was sie gar nicht leiden kann.

Mit dem Schampus unterm Arm
steht er dauernd vor der Tür,
Oma ist nun mal sein Schwarm,
Mensch, da kann er doch nichts für.

Oma aber will nicht mehr
knuddeln, drücken oder küssen,
ist schon viel zu lange her,
und sie tut auch nichts vermissen.

Eines Tages schlägt sie zu,
kräftig mit dem Nudelholz,
Nachbar stirbt, nun hat sie Ruh´,
ist darauf auch richtig stolz.

Krimi Nr. 84

Der Bademeister steht am Becken,
starrt glücklich in die blaue Flut,
am Grund ist jemand am Verrecken –
die Schwiegermutter, das ist gut.

Er lässt dem Drama seinen Lauf
und wartet zehn Minuten,
er holt die Olle nicht herauf –
tot zählt sie zu den Guten.

Krimi Nr. 85

Der Schornsteinfeger hat bei Nacht

die Schwiegermutter umgebracht,

die Körperteile fein zersägt,

bei Kunden heimlich abgelegt.

Warum Kamine nicht mehr zogen,

darüber hat er frech gelogen.

Bald war jedoch der Spuk vorbei,

die Frau verwest, Kamine frei.

Krimi Nr. 86

Er saust die Pisten schnell hinab,
beherrscht sie wie kein zweiter,
ist körperlich total auf Trab,
will schneller, besser, weiter.

Er hat nur einen Konkurrent,
der will ihn endlich knacken,
und weil er ihn schon lange kennt,
ist sicher: der wird´s packen.

Er lädt den Konkurrenten ein
auf eine schwere Piste.
Der schlägt natürlich freudig ein,
für ihn ´ne heiße Kiste.

Doch was der Konkurrent nicht weiß:
die Stöcke sind vergiftet.
Er piekt ihm herzhaft in den Steiß,
der ist geschockt und driftet.

Dann fällt er in den weißen Schnee
und stirbt an Herzversagen,
kein Zeuge ist mehr in der Näh´,
hierüber auszusagen.

Krimi Nr. 87

Er reist fast immer mit dem Zug,
denn ökonomisch ist das klug,
unterhaltsam obendrein,
weil man dabei nicht allein.

Neulich, auf dem Weg nach Norden,
kam er nicht umhin, zu morden.
Eine Frau in besten Jahren
wollt´ ihm an die Wäsche fahren,

ihn in einem Zug entehren,
dessen musst´ er sich erwehren.
Mit des Stockschirms harter Spitze
stach er in die Poporitze,

und danach in Aug´ und Ohren,
diesen Kampf hat sie verloren.
Später warf er ihre Leiche
aus dem Zug auf eine Weiche.

Unter einem Zug aus Kiel
blieb von ihr dann nicht mehr viel.

Krimi Nr. 88

Auf dem Weg zum Matterhorn
hat er seine Frau verlor´n.
Sie ist einfach ausgerutscht
und in einen Spalt geflutscht.

Dabei ließ er es bewenden –
ach, man kann auch schlimmer enden.

Krimi Nr. 89

Neulich blieb der Aufzug stecken
zwischen zwei Etagendecken.
Kein Monteur war weit und breit
für die Hilfsaktion bereit.

Schließlich wurd´ nach vielen Stunden
endlich ein Monteur gefunden.
Dieser nestelte in Eile
an dem langen Aufzugseile,

kriegte die Kabine frei,
nach dem Öffnen dann ein Schrei,
denn darinnen lag ein Paar,
das nicht mehr am Leben war.

In des Aufzugs düst´rer Enge
kam´s zu einem Handgemenge,
mit der Folge, dass sie starben,
dem Monteur den Tag verdarben.

Krimi Nr. 90

An dem Rande einer Klippe
raucht der Mörder eine Kippe.
Eben stieß er seine Tante
über diese Felsenkante.

Unten ist sie aufgeschlagen,
wurd´ von Wellen fortgetragen.
Seine Tante musste sterben,
denn nun kann er endlich erben,

drückt die Zigarette aus
und geht fröhlich nun nach Haus.

Krimi Nr. 91

Auf dem Weg durch die Gezeiten
sieht man die Barkasse gleiten.
Und am Ruder steht der Maat -
die Mission ist delikat.

Menschen hat er umgebracht,
Leichen sind die ganze Fracht.
Diese lässt er gleich zu Wasser,
denn er ist ein Menschenhasser.

Alle Menschen, die versuchen,
ihn zu Hause zu besuchen,
werden gleich von ihm gemeuchelt,
während Freundlichkeit er heuchelt.

Nächtens fährt er dann aufs Meer,
macht den Frachtraum wieder leer.
Niemand weiß, was er da tut,
und das findet er sehr gut.

Hoffen wir, die nächsten Leute
werden nicht mehr seine Beute.

Krimi Nr. 92

Sie hat sich immer angestrengt,
war pünktlich und beflissen,
nun hat ein Kleid sie angesengt
und wurde rausgeschmissen.

Die Chefin hat in ihrer Rage
dabei wohl ganz vergessen –
den Schlüssel zur Privatetage,
den hat sie noch besessen.

Sie schleicht sich leise in das Haus,
versteckt sich hinterm Schrank,
holt in der Nacht das Messer raus,
nun kriegt sie ihren Dank.

Sie sticht die böse Chefin tot,

das Bett ist voller Blut,

die Laken und der Teppich rot,

das tut ihr richtig gut.

Den Schlüssel wirft sie in den Müll

und fährt dann schnell nach Haus,

und wenn das Schicksal es so will,

kommt dieser Mord nicht raus.

Krimi Nr. 93

Der Bösewicht ist ganz gerissen,

hat Sprengstoff ins Klosett geschmissen,

der zündet auch im Feuchtmilieu

und sprengt die Schüssel in die Höh´.

Das Opfer wähnt sich hier geschützt,

doch hat ihm dieses nichts genützt.

Kaum hat er sein Geschäft gemacht,

ist alles in die Luft gekracht.

Krimi Nr. 94

Die Haie im Aquarium
sind hungrig und nervös,
sie schwimmen hektisch rundherum,
der Pfleger, der ist bös´.

Er mag die Praktikantin nicht,
die ist ihm viel zu frech.
Sie lacht ihm lauthals ins Gesicht.
Er weiß nur – die muss weg.

Er schubst sie in das Haifischbecken,
sie strampelt wild und schreit.
Die Haie sich die Lippen lecken:
jetzt ist es Essenszeit.

Als Pfleger hat man nicht viel Geld,
doch viele Möglichkeiten.
Dem Mutigen gehört die Welt,
man soll nicht mit ihm streiten.

Krimi Nr. 95

Die Gräfin lag in ihrem Bett

und dachte, es sei sicher nett,

wenn Johann nicht das Staubtuch zückte,

stattdessen sie im Bett beglückte.

Der weigerte sich rigoros,

da war im Herrschaftshaus was los.

Die Gräfin war zutiefst gekränkt,

hat Johann drauf im Teich ertränkt.

Dort liegt die Leiche, ziemlich klamm,

wahrscheinlich heute noch im Schlamm.

Krimi Nr. 96

Der Opa aus dem Nachbarhaus
holt jeden Tag die Flinte raus.
Die Kinder machen zuviel Lärm,
wer schreit, dem schießt er ins Gedärm.

Er hat bisher noch nicht getroffen,
denn meistens ist er sturzbesoffen.
Die Eltern haben drum beschlossen,
der Opa wird jetzt abgeschossen.

Die Väter liegen auf der Lauer
und zielen nüchtern viel genauer.
Als Opa an das Fenster tritt,
bekommt er eine Kugel mit.

Die hat ihn gleich hinweggerafft,
es freut sich nun die Nachbarschaft.

Krimi Nr. 97

Unter Tulpen und Tagetes,
ganz am Ende eines Beetes,
liegt seit fünfunddreißig Tagen,
und seitdem auch ihr im Magen,

der verstorb´ne Göttergatte,
den sie kalt ermordet hatte.
Durch das Gift, das er genommen,
ist er zügig umgekommen.

Dieses aber wirkt noch fort,
viele Blumen sind verdorrt.
Also wird sie drauf verzichten
und ein Gartenhaus errichten.

Plastikblumen wird´s dort geben,
damit kann sie weiterleben.

Krimi Nr. 98

Auf des Berges höchster Spitze
sieht man eine Zipfelmütze.
Die gehört dem Hauser Sepp,
welcher ein bekannter Depp.

Ließ sich ohne Widerstand
werfen von der Felsenwand,
liegt zerschmettert in der Spalte,
oben freut sich seine Alte.

Krimi Nr. 99

Er ist Arzt für Modellage,
strafft den Menschen die Visage,
auch die Falten seiner Frau
kontrolliert er ganz genau.

Wenn die Haut am Halse schlackert,
wird sie wieder festgetackert.
Neulich hat sie ihn betrogen,
und noch mit ´nem Urologen.

Darauf schnitt in seinem Zorne
er von hinten und von vorne,
dass sie keiner mehr erkennt,
alle Welt sie hässlich nennt.

Der Urologe, dass ihr´s wisst,
hat sich daraufhin verpisst.

Krimi Nr. 100

Mit dem Spieß

das ist fies

in das Herz,

welch ein Schmerz,

Opfer brüllt,

ist getilt,

Mörder flieht,

man ihn sieht,

Polizei

kommt vorbei,

ohne Hast

in den Knast.

Krimi Nr. 101

Die Gattin, sie ist gut versteckt
in einem Caravan.
Bevor die Leiche man entdeckt,
ist er schon weggefahr´n.

Die Nachbarn auf dem Campingplatz
sind alle ziemlich froh –
von dort kein Laut und kein Rabatz,
kein Rauch, kein Campingklo.

Doch irgendwann zieht ein Gestank,
man weiß ihn nicht zu deuten,
wie aus ´nem faulen Wassertank
zum Platzwart und den Leuten.

Dann findet man auf Platz 3a
die faulenden Gebeine.
Kein Angehöriger mehr da –
sie schimmelt ganz alleine.

Krimi Nr. 102

Es tuckert die Museumsbahn
laut schnaufend durch den Wald.
Der Heizer macht in einem Wahn
den Heizerhelfer kalt.

Wohin so schnell mit seiner Leich´?
Der Heizer wird nervös,
doch kommt die Lösung ihm sogleich,
er lächelt breit und bös´.

Er wirft den Knaben in die Glut
und Kohlen hinterher –
das Feuer brennt noch mal so gut,
das war doch gar nicht schwer.

Krimi Nr. 103

Im Yoga ist sie ungeschlagen,
das muss man hier mal deutlich sagen.
Für ihre Feinde ist sie, ehrlich,
aus diesem Grunde sehr gefährlich,

denn wer sie ärgert, wird verknotet,
auf diese Weise ausgebootet.
Den Freund, der Liebe nur geheuchelt,
hat sie auf diese Art gemeuchelt.

Sie ließ ihn fest verknotet liegen,
er konnte keine Luft mehr kriegen.
Zu essen gab es auch nichts mehr,
so starb er dann, das war nicht schwer.

Krimi Nr. 104

Die Schwiegermutter ist 'ne Hex,
er massakriert sie mit der Flex,
kassiert die Rente aber weiter,
das stimmt ihn ausgesprochen heiter.

Krimi Nr. 105

Er war auf seinen Nachbarn aus,
wollt' ihn so gerne töten,
doch gingen ihm Ideen aus,
die Rachsucht, sie ging flöten.

So kommt es, dass der Nachbar jetzt
noch immer fröhlich existiert
und seinerseits das Messer wetzt.
Mal sehen, was passiert.

Krimi Nr. 106

Der Skipper stand ganz vorn im Bug
und schaute in das Wasser.
Weil er den Smutje nicht ertrug,
wurd´ er zu dessen Hasser.

Heut´ hat er diesen umgebracht
mit einem Küchenmesser.
Er warf ihn über Bord bei Nacht -
jetzt schmeckt das Essen besser.

Krimi Nr. 107

Die Damen sitzen im Bordell
und warten auf die Freier.
Es wird schon langsam wieder hell,
da kommt noch mal ein Neuer.

Der hat ganz sicher viel getrunken
und mit 500ern gewunken.
Die Taschen hat er voller Geld,
was allen Damen sehr gefällt.

Sie räumen seine Taschen aus
und meucheln ihn im Freudenhaus.
Die Leiche kommt in den Kabuff –
den gibt es auch in einem Puff.

Da kann die Chefin ihn dann morgen
nach Lust und Laune selbst entsorgen.

Krimi Nr. 108

Er hockt im Schutze einer Hecke
und bringt Passanten um die Ecke.
Kommt einer langsam angekrochen,
dann wird er kurzerhand erstochen.

Wer schnellen Schrittes sich bewegt,
wird mit dem Schießgewehr erlegt.
Die Rentner kriegt er allgemein
mit einem dicken Knüppel klein.

So hat im Laufe von zwei Stunden
gar mancher schon den Tod gefunden.
Der Mörder wird es langsam leid –
zwei Stunden sind ´ne lange Zeit.

Er packt sich seine Utensilien
und flüchtet wacker nach Brasilien.
Dort hat er reuig sich erschossen –
der Fall, er wurd´ nie abgeschlossen.

Krimi Nr. 109

Seit gestern ist er pensioniert,
das bringt ihn echt ans Grübeln,
weil nicht mehr allzu viel passiert,
man kann´s ihm nicht verübeln.

Die Langeweile quält ihn sehr,
er lebt zudem allein.
Da kommt so ein Gedanke her,
der ist nicht ganz astrein.

Der alte Chef war ein Tyrann,
den könnte er doch meucheln
und würde nach der Mordtat dann
das Unschuldslämmchen heucheln.

Gesagt, getan, er macht sich auf
mit seinem Schweizer Messer
und schlitzt die Halsschlagader auf,
es ginge gar nicht besser.

Da schreckt aus seinem Traum er auf,
er kollabiert vor Schreck,
der Herzinfarkt nimmt seinen Lauf –
dann ist er selber weg.

Krimi Nr. 110

Zwei Schwestern, eine schön und klug,
die and´re dumm und hässlich.
Die Hässliche dies nicht ertrug,
sie handelte ganz grässlich.

Die Schöne lag in tiefem Schlaf,
die Hässliche schlich leise,
mit einem Messer, welches scharf
und stach auf schlimme Weise

der Schönen in den Schwanenhals,
das Blut spritzt´ an die Wände,
so fand die Schöne jedenfalls
ein nicht so schönes Ende.

Krimi Nr. 111

Gestern habe ich den schroffen
Kerl von nebenan getroffen.
Wo? Na, mitten ins Gesicht,
lebend mochte ich ihn nicht.

Krimi Nr. 112

Heiratsschwindler Ekkehard,
schön und schlau, charmant und smart,
hat schon viele reiche Frauen
richtig übers Ohr gehauen.

Kohle hat er stets bekommen
und danach Reißaus genommen.
Seine Neue aber war,
dieses war ihm gar nicht klar,

schwarze Witwe, und sie gab
ihm ein Gift – nun kommt das Grab.
Also Vorsicht, wen du küsst,
weil´s vielleicht die Falsche ist.

Krimi Nr. 113

Er stolpert mit dem Säbel
ganz hilflos durch den Nebel.
Die Waffe sollt´ ihm nutzen,
des Nachbarn Kopf zu stutzen.

Jedoch, jetzt kann er nichts mehr sehen
und bleibt mit seinem Säbel stehen.
Er wartet, bis der Dunst sich lichtet
und er den Nachbarn endlich sichtet.

Der aber sinnt schon selbst auf Rache
und kommt nun seinerseits zur Sache.
Sie gehen aufeinander los,
versetzen sich so manchen Stoß.

In Strömen fließt das rote Blut,
das tut den beiden gar nicht gut.
Am Ende sind sie beide tot,
vereint im matten Abendrot.

Krimi Nr. 114

Zwei Mädchen sind sich gar nicht grün,
die beiden sind verliebt.
Da beide sich um Klaus bemüh´n,
den es nur einmal gibt,

entsteht ein aggressiver Streit
um diesen jungen Mann.
Kein Mädel zum Verzicht bereit,
ein Unglück bahnt sich an.

Sie treffen sich auf ein Duell
und schießen beide gut.
Das Ganze endet ziemlich schnell:
zwei Tote, sehr viel Blut.

127

Der Klaus hat nichts davon gewusst,
er reagiert ganz cool.
Die Mädels sieht er nicht bewusst,
denn Klaus, der ist stockschwul.

Krimi Nr. 115

Die Schlittenhunde sind bereit,
sie zerren am Gespann.
Zum Starten wird es höchste Zeit,
es geht schon steil bergan.

Die Strecke führt durch dichten Wald,
dort kann man sich verstecken
und ist vom Schlitten nicht so bald
im Schatten zu entdecken.

Dort hockt der Bösewicht im Tann,
das Blasrohr in den Händen.
Der Hundeschlitten rast heran,
der Pfeil, er trifft die Lenden.

Getroffen schreit das Opfer auf
und fällt von seinem Schlitten,
das Gift nimmt seinen Todeslauf,
er hat nicht sehr gelitten.

Krimi Nr. 116

Der Makler hat gar manches Haus
in seinem Angebot.
Dort lagert er die Leichen aus,
sie stinken und sind tot.

Kommt jemand zur Besichtigung,
dann schichtet er sie um.
Das nennt er schlicht „Berichtigung",
der Makler ist nicht dumm.

Doch irgendwann war seine Gier
zu morden viel zu groß.
Die Leichen, voll schon mit Getier,
wurd´ er so schnell nicht los.

So legt´ er einen großen Brand,
das Haus zerfiel zu Asche,
und was man dort an Resten fand,
hat Platz in einer Tasche.

Und wenn er nicht gestorben ist,
dann mordet er noch heute,
weil er ja so verdorben ist,
ganz im Geheimen, Leute.

Krimi Nr. 117

An jedem Abend schaut ´se
verdrossen seine Plauze.
„Mensch, Walter, du bist viel zu fett".
Das findet Walter gar nicht nett.

Er hat nach ein paar Stunden
die Lösung nun gefunden.
Wie wird man seine Kilos los?
Das dauert doch Minuten bloß.

Er packt die Gattin fest am Schopf,
verdreht ihr schnell den Lockenkopf.
Es knackt, es knirscht und sie ist tot
und Walter macht sich Abendbrot.

Krimi Nr. 118

Er benutzte die Krawatte,
die er umgebunden hatte,
um den Widersacher Jürgen
effektiv damit zu würgen.

Und als dieser tot und stumm,
band er sie sich wieder um.

Krimi Nr. 119

Er hat die Böller aufbewahrt,
die großen von Silvester,
und heute ist er schwer in Fahrt,
genervt von seiner Schwester.

Dann zündet er die Knaller an
und wirft sie in ihr Zimmer –
es ballert wie am Ballermann –
die Schwester gibt es nimmer.

Krimi Nr. 120

Er führt die Lok seit vielen Jahren,
ist lange Strecken schon gefahren.
Da sieht er vor sich auf der Weiche
´nen Körper – knirsch - nein, eine Leiche.

Danke

an alle, die mich unterstützt haben:

Dirk, der mich seit vielen Jahren auf Händen trägt, was weiß Gott nicht mehr so leicht ist…

Martin, der mit Kritik, sowohl positiv als auch negativ nicht hinterm Berg hält und mich so anspornt, besser zu werden.

Silke, die Maja so schön gemacht hat.

Jessica, die so tolle Fotos geschossen hat.

Über Maja Vandenwald:

Maja Vandenwald ist die Witwe des Staatsanwalts Berthold Vandenwald, wohnt in einem kleinen Bungalow am Stadtrand von Menden und verarbeitet mit ihren „Shortmords" all die schrecklichen Verbrechen, die sie im Laufe der Jahre von ihrem Mann geschildert bekam.

www.majavandenwald.jimdo.com
udm.spieckermann@t-online.de
Buchbestellungen über:
www.triolit.de/buchshop

Bisher außerdem erschienen:

Ein bunter Strauß aus dem Alpha-Beet
Alliterationen
BoD Books on Demand, Norderstedt
ISBN: 978-3-744856-30-0
Preis: 4,99 €

Humorvolle Texte, in denen jedes Wort mit demselben Buchstaben beginnt.
Einmal quer durchs Alphabet.

Viel Vergnügen!

www.majavandenwald.jimdo.com
udm.spieckermann@t-online.de
Buchbestellungen über www.triolit.de

Maja Vandenwald

Vers(s)trickungen
des Alltags –
der tägliche Wahnsinn
in Reimen

Vers(s)trickungen des Alltags
der tägliche Wahnsinn in Reimen
BoD, Books on Demand, Norderstedt
ISBN: 978-3-744855-80-8
Preis: 8,90 €

Maja Vandenwald ist den Begebenheiten des Alltags in Versen auf der Spur und zeigt uns die humorvolle Seite der Verstrickungen, die wir im Alltag täglich erleben. Ob Jahreszeiten, Männer, Frauen oder Kinder: Maja Vandenwald nimmt alles aufs Korn und lädt dazu ein, die Dinge nicht zu ernst zu nehmen und auch im Alltag hin und wieder das Schmunzeln nicht zu vergessen.

www.majavandenwald.jimdo.com
udm.spieckermann@t-online.de
Bestellungen über www.triolit.de

Shortmord 2
Weitere 101 gereimte Kurzkrimis
Nummer 121 – 221
BoD Books on Demand, Norderstedt
ISBN 978-3-743181-70-0
Preis: 8,90 €

Wer Shortmord mag, wird Shortmord 2 lieben!
Maja Vandenwald unterhält mit weiteren
101 Kurzkrimis.
Noch böser, noch unterhaltsamer.

Shortmord 2 – die Version für fortgeschrittene
Fans des schwarzen Humors.

www.majavendenwald.jimdo.com
udm.spieckermann@t-online.de
Bestellungen über www.triolit.de/buchshop

Glitzlichter
Das Weihnachtsbuch von TrioLit
UbaBu Verlag
ISBN: 978-3-00-054266-4
Preis: 9,90 €

TrioLit schenkt nun der Welt zum Fest der Liebe dieses sauerländisch angehauchte Weihnachtsbuch:
Ein Werk mit Herz, Schmerz, Sex und Krimi.
Es möge Ihnen viele schöne, entspannende, aber auch mörderische Glitzlichter bescheren.

Bestellungen über
www.triolit.de
info@triolit.de